LETTRE

D'UN VIEUX FOU

A UN JEUNE SAGE

Prix : 10 centimes.

CREZ TOUS LES LIBRAIRES ET MARCHANDS DE JOURNAUX.

PARIS

DE SOYE ET BOUCHET, IMPRIMEURS,

PLACE DU PANTHÉON, 2.

1859

LETTRE

D'UN VIEUX FOU

A UN JEUNE SAGE

À M. LE DIRECTEUR DE *L'INDÉPENDANCE BELGE*

Paris, 22 août 1859.

MONSIEUR LE DIRECTEUR,

Vous penserez sans doute, et avec raison, que la lettre insolente que M. Louis Blanc a fait insérer dans votre journal mérite une réponse, et, si vous daignez publier celle-ci, vous ferez une bonne action, dont les huit millions de Français, qui ont appelé Louis-Napoléon à l'Empire et qui ont du cœur et de la mémoire, vous sauront un gré infini.

Votre très-humble et, par anticipation, très-reconnaissant serviteur,

J. COMMERSON.

A M. LOUIS BLANC.

LETTRE D'UN VIEUX FOU A UN JEUNE SAGE.

Paris, 22 août 1859.

Vous avez bien raison, monsieur, de ne pas revenir dans la France *esclave*, après l'avoir quittée si libre et si heureuse, en 1848. A cette époque, en effet, vous jouiez un grand rôle, à Paris, dans le palais des Médicis; M. Cavaignac était Dictateur tout puissant et aspirait à monter encore plus haut, n'importe comment et à quel prix; M. Caussidière, préfet de police, de contrebande il est vrai, mais ferme, énergique et imposant, n'avait qu'à dire son sacré nom de D... pour faire de l'ordre avec le désordre; M. Armand Marrast trônait à l'Hôtel-de-Ville, avec toute la grâce d'un marquis, pour certains grands seigneurs, mais avec toute la fatuité d'un manant avec les prolétaires. Aussi, plus tard, aucun collége électoral, même celui de Toulouse, sa patrie, n'a daigné l'envoyer à l'Assemblée nationale; alors, encore le fier Ledru-Rollin, l'homme du droit et de la liberté, comme vous savez, dirigeait le ministère de l'intérieur avec une rare habileté : car, un jour, il abolissait prudemment l'incarcération pour dettes, puis, libre de toutes inquiétudes personnelles, *Solutus omni fœnore*, il inondait la France de circulaires draconniennes; il instituait, à Paris, de grandes fêtes républicaines, renouvelées de 93, et des processions champêtres où figuraient nombre de bœufs, aux cornes dorées (comme au carnaval) et passablement d'ânes et d'imbéciles; il passait en revue, à la barrière de l'Étoile, la garde nationale, heureuse et fière de sa présence, et revenait, ainsi que feu Numa-Pompilius auprès de son Égérie, se reposer de ses fatigues cruelles et des soucis du pouvoir. Quand l'émeute échevelée grondait dans la rue, par exemple, il se gardait bien d'y descendre par crainte de horions, de renfoncements et de coups de pieds au... bas des reins. Un jour cependant il eut du courage et il marcha résolûment, à la tête d'une foule nombreuse, contre l'Assemblée nationale, mais aussitôt qu'il vit de loin le bout des oreilles du cheval de Changarnier, il prit ses jambes à son cou et disparut par un vasistas. Qui n'a pas admiré encore à cette époque, M. Bastide, appelé aux affaires Etrangères, parce qu'il était complétement étranger aux affaires? M. Crémieux, confortablement installé, à nos

frais, dans un magnifique hôtel de la place Vendôme, et fo-
lichonnant tantôt avec la balance de la Justice et tantôt
avec le Pentateuque? M. Flocon (de la *Réforme*), ne réfor-
mant rien au Gouvernement Provisoire mais, bon enfant et
pas fier, culottant paisiblement sa pipe, à l'estaminet, et se
gorgeant de bière de Lyon, de Strasbourg, de Bavière,
de Louvain, et même de Paris, avec délices? M. Carnot,
travesti en grand maître de l'Université, rédigeant ses
beaux programmes Saints-Simonniens et attachant les pla-
cides élèves de l'École Normale supérieure à une innocente
épée, qui rappelait ces deux vers du conscrit Berchoux, dans
la *Gastronomie* :

Aussitôt l'on m'arma d'un fusil inhumain
Qui jamais, grâce à Dieu, n'a fait feu dans ma main.

Alors M. Garnier Pagès, faisait comptes sur comptes, ou
plutôt contes sur contes au ministère des finances, (trésor
public), où il avait été appelé, par la raison bien simple
qu'il était le frère cadet de son frère aîné. M. le docteur
Trélat administrait les Travaux publics et faisait par Or-
donnances marcher les susdits travaux, à peu près comme
il avait fait autrefois marcher ses malades : *De profundis*
pour ces derniers ! S. V. P. M. Dupont (de l'Eure), enfoncé
jusqu'au cou dans sa chaise curule, dormait d'un profond
sommeil ou faisait des cocottes; M. Albert (l'ouvrier), des
travaux gigantesques, et M. Pagnerre des almanachs de
toute couleur, pour tous les âges et pour tous les goûts,
même les plus innocents; notre justement célèbre François Arago, lui, cherchait dans la marche des astres et des
planètes à diriger celle des hommes; son frère Étienne
administrait les postes comme il avait jadis administré le
Vaudeville, à la grande satisfaction des actionnaires; son
autre frère (Jacques) se consolait de sa malheureuse cécité
en fabriquant des charretées de calembours dont quelques-

uns n'étaient pas trop mauvais ; son fils, Emmanuel, pro-
consulait, à Lyon, avec une autorité superbe ; M. Barbès
occupait quatre places, tant lucratives que honorifiques : il
était Gouverneur du Luxembourg, avec 30,000 francs d'ap-
pointements, Député à l'Assemblée nationale, avec 25 francs
par jour, Colonel de la 12* légion, avec de belles épaulettes,
Maire du 12e arrondissement, avec une large ceinture tricolore, et il n'était pas encore content. Le pauvre homme !
M. Clément Thomas, mon vaillant Général en chef dans la
garde nationale, insultait la croix d'honneur qui jamais,
hélas ! n'avait été accrochée à sa chaste boutonnière ; M. So-
brier faisait, nuit et jour, avec ses farouches Montagnards,
aux cocardes, aux cravattes, aux brassards, aux ceintures et
aux nez rouges, de fortes patrouilles qui épouvantaient, non-
seulement les enfants, mais jusqu'aux vieux soldats d'Auster-
litz, de Marengo et de Wagram ; le mot d'ordre de ces janis-
saires improvisés était la réponse énergique de Cambronne
aux anglo-Prussiens, à Waterloo, M...., traduction libre et
pudibonde : *La garde meurt et ne se rend pas* ! Et ils se le
donnaient souvent entre eux, ce joli mot d'ordre, même un
peu trop souvent : ils avaient peur de l'oublier.

Tandis que cela se passait d'une part, M. de Lamartine, cons-
tamment les pieds dans la boue et la tête dans le ciel, versait d'une
autre part, à droite et à gauche, mais toujours en pure perte, des
torrents d'éloquence sur les masses insurgées. Un seul jour
cependant il fut écouté : c'était le 25 février 1848 ; il avait
été vraiment beau comme *Mirabeau :* Madame la Duchesse
d'Orléans entrait à la Chambre des Députés avec ses deux
enfants et portant, à la main, l'abdication de LOUIS-PHILIPPE
en faveur du Comte de Paris, lorsque l'ancien chantre harmo-
nieux du sacre de CHARLES X s'écria d'une voix tonnante, toujours Mirabeau-Tonneau ! Gardons-nous de toute sympathie
pour les femmes et *Vive la République* ! A cette exclamation
anarchique, M. Odilon-Barrot s'ébouriffa comme un sansonnet ;

son front olympien, et dénudé comme Mont-martre ou le Mont-Valérien, se plissa de colère et montant soudain à la tribune, il s'écria : Citoyens députés, que viens-je d'entendre ? On ose aujourd'hui... Monsieur Dupin rappelez donc à l'ordre... soutiens-moi Duvergier de Hauranne, nous sommes *floués*... il n'en pût dire davantage, il avait, la veille, mangé beaucoup de veau et de boudin au banquet de la Réforme et le malheureux était en proie à une indigestion terrible, une vraie colique de *Miserere*. Madame la duchesse d'Orléans se retira dignement de l'Assemblée avec ses enfants; mais, voyez la fatalité! Quand, plus tard, Monsieur de Lamartine se présenta aux électeurs pour être nommé Président de cette même Chose Publique, (*Res Publica*), qu'il avait si bien proclamée, beau Poëte, lui dirent-ils à l'unanimité : Votre règne n'est pas de ce monde. Retournez, auprès d'Apollon et d'Orphée, dans ce sublime Olympe que vous n'auriez jamais dû quitter et fichez-nous la paix ! M. de Lamartine a obéi ; mais il est revenu quelques temps après avec une sébille d'or (M. de Lamartine qui se dit si pauvre, possède encore dans les environs de Mâcon, pour cinq ou six cents mille francs de biens au soleil ; mais comme il les estime un million, un tout petit million, il ne peut pas trouver d'acquéreur et par conséquent payer ses dettes.) demander l'aumône à de pauvres ouvriers honnêtes, crédules et compâtissants qui ont jeté souvent dans sa tirelire la privation d'un plaisir, le fruit du labeur et jusqu'à l'obole de la veuve. — Une anecdote :

Ces jours derniers, je traversais le jardin du Luxembourg pour aller à Plaisance et je vis, avec douleur, emmener par un gardien chez le Commissaire de police du quartier, (heureusement que c'était chez le bon et digne monsieur Monval)! une jeune femme en guenilles, au teint flétri, par la souffrance et la misère, mais qui avait dû être, naguère encore, admirablement belle. Elle traînait avec elle un jeune enfant en larmes et un autre un peu plus âgé qui ne pleurait pas, mais qui semblait se demander si on les conduisait tous les trois à la mort ou à la vie. Non, c'était en prison, car la mère de famille avait demandé l'aumône dans le Luxembourg : *Manger l'herbe d'autrui, quel crime abominable !* rien que la mort ne sera capable d'expier son forfait...M. de Lamartine mendie publiquement, depuis deux ans, dans le monde entier et, au lieu de l'envoyer, au nom de la loi, à Villers-Cotterets, nombre de Conseils municipaux, effrontément prodigues des fonds de la Commune, lui votent des secours honteux, ou lui édifient une villa délicieuse au beau milieu des Champs-Elysées. *Proh pudor!*

Revenons encore une fois à vous, M. Louis-Blanc, (car, pour abattre un géant tel que vous, il faudrait bien des coups de la massue d'Hercule), et à vos amis et à vos beaux jours, à tous, de règne, de gloire et de puissance. En ce temps-là, Monsieur, on exilait l'armée de Paris comme dangereuse pour la liberté et on la rappelait ensuite, à la hâte, pour la faire exterminer par les héros des barricades : Ici on égorgeait impitoyablement Bréa et Mangin ; là, tombaient glorieusement, et les armes à la main au moins, Duvivier, Damesme, Négrier, les deux colonels François et Le Breton, le commandant Masson, et 4,000 soldats, gardes-nationaux ou mobiles ; au faubourg *Antoine*, comme on disait alors, on fusillait un saint Archevêque, offrant du haut des barricades la paix et le pardon ; dans le Berry, le Morvan, le Midi, on réformait, et toujours au nom de la Sainte Liberté, à coups de fusil, de sabres, de pioches, de hoyaux, de fourches, les prêtres, les magistrats, les gendarmes et les gardes champêtres. A Bédarieux, une jeune femme, (Rose Mical), défendit, avec un grand courage, un Maire et six Gendarmes que des furieux attaquaient de tous côtés ; déjà un de ces malheureux, père d'une famille nombreuse, avait cessé de souffrir, un autre râlait par terre et, pour l'achever plus vite, un homme, (si on peut appeler cela un homme) a eu l'affreuse pensée (un jugement rendu, à Montpellier, contre

les assassins dont trois ont été exécutés, l'a constaté), de lui
uriner dans la bouche. Rose Mical, couverte de blessures à la
tête, aux bras et à la poitrine, a continué de lutter contre
ces forcenés, jusqu'à ce qu'on soit arrivé à son secours et elle a
ainsi sauvé la vie à un Maire et à quatre gendarmes. Empres-
sons-nous de dire que le Président de la République lui a
envoyé la Croix d'Honneur qui n'a jamais brillé sur une plus
noble poitrine que sur la sienne.

Revenons à Paris! alors, Monsieur, on y dévorait lestement
les 45 centimes (300 millions) d'impôts supplémentaires
dans des orgies civiques dont les ex-dames de Saint-Lazare
étaient les Prêtresses, et vous, Monsieur Blanc, le petit
Chérubin d'amour, *Cherubino di amore*; On courait,
avec ardeur, du cabaret aux Clubs et aux Elections;
nos Députés se disaient franchement de bonnes grosses véri-
tés à la tribune *aux harengs* et se battaient ensuite en duel,
mais pour rire; le tambour appelait incessamment les citoyens
aux armes; la blouse menaçait les bonnets à poil nationaux
et on arrachait aux campagnes l'arbre du peuple, *Populus*,
pour le planter dans toutes les villes et bourgades, les jardins
publics, sur toutes les places et dans tous les carrefours;
tantôt on demandait le divorce, au nom de la Liberté; le par-
tage, au nom de l'Égalité et l'on imposait la Fraternité à coups
de fusil. On parlait bien sans cesse de finir le *vieux Louvre*,
mais comment? d'édifier les Halles-centrales, nouveau Louvre du peuple, mais avec quoi? de fondre la vieille monnaie
de Billon, mais comment la remplacer? d'élargir les rues pour
donner de l'air et de l'espace aux populations, mais les pro-
priétaires expropriés se seraient-ils contentés, en échange de
leurs immeubles, d'un beau certificat de Civisme ou de co-
quilles de noix? Alors, Dieu n'existait plus; la Propriété était
le vol et l'on payait souvent son terme avec un drapeau tricolore
lore ou en charbonnant une potence menaçante sur la porte
de son propriétaire. Alors, le droit au travail et l'égalité des

salaires étaient réclamés impérieusement partout, excepté
par les travailleurs ; tous les pauvres diables, barbouilleurs
de papier et autres, dont les places faisaient envie, étaient
mis immédiatement au rencart, il fallait, à tout prix, du re-
nouveau républicain ; les ateliers nationaux dont vous étiez le
chef suprême, Monsieur Louis-Blanc, et que vous avez aban-
donnés, un beau matin, en emportant la *grenouille*, faisaient,
moyennant 230 mille francs par jour, tout le travail que vous
leur commandiez avec une dignité magistrale et superco-
quentieuse ; nombre de grandes Dames (il en est une surtout
dont, par pudeur, je ne rappellerai pas ici le nom qui pour-
tant a été, à cette époque, mis au pilori de tous les journaux,)
allaient, du matin au soir, en procession, et bannière au vent,
porter leurs offrandes patriotiques à l'Hôtel-de-Ville et les
charmants enfants de Paris se délectaient à casser des mil-
liers de vitres inoffensives sur l'air national : *des Lampions!*
des lampions! des lampions! — Alors, les Caisses d'épargne
regorgeaient d'argent ; on trouvait sans peine à emprunter,
sur bonne hypothèque, à quinze et vingt pour cent ; un im-
meuble de cent mille francs se vendait facilement vingt-cinq ;
tous les billets de Commerce étaient payés à échéance, et, à
tel point qu'on faisait journellement la motion de jeter au feu
le grand livre de la Dette publique, de réformer la Banque
de France et de démolir la Bourse. Aussi les étrangers arri-
vaient-ils en foule chez nous ; un public choisi remplissait les
théâtres ; la lyre, le pinceau, le ciseau, le burin, le marteau,
la truelle, la navette, etc., étaient continuellement en action ;
de belles maisons à six étages, avec entre-sols et sous-sols,
s'élevaient partout comme par enchantement ; les pensionnats,
surtout ceux de Demoiselles, étaient encombrés d'élèves et les
parents tellement rassurés sur le sort de leurs enfants qu'une
seule maison des Champs-Élysées ne perdait, en une semaine,
que quarante-cinq jeunes Anglaises ; dans la rue Royale, la
rue Vivienne, la rue de Rivoli, sur les Boulevards, les maga-
sins de luxe étaient assiégés par les acheteurs ; tous les Ou-

vriers ne portaient plus que des souliers vernis et des gants
Jouvin; Staube était leur tailleur, ils faisaient fi ! de la Belle
jardinière et du pauvre Diable, et la rue des Moineaux seule
leur vendait, avec cent pour cent de bénéfice, leurs belles cravattes de soie, leurs chemises de baptiste et leurs mouchoirs
de poche. Aussi nos bons amis, les Anglais, applaudissaient-
ils, avec enthousiasme, à notre grande prospérité!

On jetait bien cependant parfois, et sans jugement, en
prison, Chateaubriand, Émile de Girardin, etc. On remplissait bien, au hasard, les forts, les souterrains des Tuileries,
les casemates et les pontons d'individus importuns, très-
moustachus ou turbulents; on envoyait bien également votre
Serviteur soussigné relire Homère et Virgile, Horace et Cicé-
ron, parmi les 4,000 fous ou malheureux de Bicêtre, mais
qu'était cela pour la grande époque que nous traversions et
quand Paris et la moitié de la France étaient en état de
siége?

Ces temps heureux, *Saturnia regna*, ne sont plus, comme
vous le dites, aujourd'hui, Monsieur, avec un aplomb superbe.
Le désordre règne partout maintenant, la confiance est per-
due, le commerce nul, le travail un mythe; nos députés au
Corps législatif s'injurient entre eux comme des crocheteurs,
les *Démocs-socs* menacent *les Aristos;* nos journaux de toute
opinion politique prêchent hautement l'immoralité et la licence,
à l'instar de l'ancien *Père Duchesne,* nos chansons des rues
sont des ordures, nos pamphlets écrits avec de la bave et du
fiel, nos sergents de ville sont d'une brutalité révoltante au
dix-neuvième siècle, nous portons tous, aux mains et aux
pieds, l'empreinte de nos fers pesants et, ces jours derniers
encore, ô infamie! on nous a forcés, à coups de nerfs de
bœuf, d'aller au-devant de *nos soldats d'Italie* pour leur offrir
l'hommage d'une sympathie menteuse et des couronnes de
fleurs flétries par la police.

Ainsi, restez fièrement, Monsieur Louis-Blanc, comme un autre Aristide, sur la terre étrangère ; chauffez, en paix, vos membres forts au soleil de la liberté et le monde entier apprendra, avec douleur, qu'un grand Citoyen comme vous est perdu, à jamais, pour la France : *O ingrata Patria!*

Votre très-humble et très-respectueux serviteur,

J. COMMERSON,

Ancien fédéré de 1815, sergent-major à l'armée de la Loire, blessé de juillet 1830, homme de lettres, membre de l'Université en retraite et de la société des auteurs dramatiques, ex-décrotteur sur l'ex-pont Saint-Michel, fou à Bicêtre, pendant deux mois, (lire les vers ci-joints que j'ai crayonnés à mon arrivée dans cette charmante demeure, et qui ont été insérés dans *la Presse*, les autres journaux, même les plus honnêtes, n'ayant pas eu alors ou, la charité de me plaindre, si j'étais un pauvre fou, ou le courage de réclamer ma liberté si j'étais, par rénovation du supplice de *Mézence*, attaché *vivant* à des *cadavres* galvanisés), *Orléaniste* par reconnaissance, mais bien disposé néanmoins à rendre justice à tous les mérites de l'EMPEREUR.

Rue Neuve-Richelieu-Sorbonne, n° 3, au second.
Mon nom est sur ma porte.

LE FOU DE BICÊTRE

HOMMAGE A M. VICTOR HUGO

PRÉSIDENT DE LA SOCIÉTÉ DES AUTEURS DRAMATIQUES

Hôpital de Bicêtre, 28 août 1848.

Oui, je suis fou ! fou d'amour pour la France,
Pour la Justice et pour la Liberté !
Et, dans mon cœur, je nourris, dès l'enfance,
Le sentiment de la Fraternité.
Vous, mes amis, qui connaissez ma vie
Dont plus d'un trait pourrait me faire honneur,
Gardez-vous bien de plaindre ma folie !
Car ma folie est pour moi le bonheur.

Oui, je suis fou ! car dans ma solitude,
M'entretenant avec d'illustres morts,
Je sais trouver, dans le sein de l'étude,
De vrais plaisirs, des plaisirs sans remords.
Trop indigent pour exciter l'envie,
Comme trop fier pour demander pardon,
Je me complais, amis, dans ma folie,
Car que ferai-je, hélas ! de la raison ?

Oui, je suis fou! puisqu'un serment m'oblige,
Et que mon cœur se souvient des bienfaits ;
Puisque PHILIPPE, aujourd'hui sans prestige,
Demeure encore l'objet de mes respects.
Or, vous, amis, avec qui dans la vie
Je marche droit, sans grand bruit, mais sans peur,
Gardez-vous bien de plaindre ma folie !
Car ma folie est pour moi le bonheur.

(Extrait du journal la Presse,
Paris étant en état de siége.)

PARIS. — DE SOYE ET BOUCHET, IMPRIMEURS,
Place du Panthéon, 2.